Fjodor Dostojewskij

»Der Großinquisitor«

Aus dem Fünften Buch des Romans
Die Brüder Karamasow

Aus dem Russischen übersetzt
und mit einer
Nachbemerkung versehen
von Swetlana Geier

Ammann Verlag

Erste Auflage
Im 20./21. Jahr des Ammann Verlags

Satz: Gaby Michel, Gießen
Druck und Bindung: Clausen & Bosse, Leck
ISBN 3-250-20002-6

… »Weißt du, Aljoscha, du darfst nicht lachen. Ich habe einmal ein Poem verfaßt, etwa vor einem Jahr. Wenn du mir noch weitere zehn Minuten schenken willst, könnte ich es dir erzählen.«

»Du hast ein Poem geschrieben?«

»O nein, nicht geschrieben«, lachte Iwan. »Ich habe in meinem ganzen Leben nicht einmal zwei Zeilen reimen können. Aber dieses Poem habe ich mir ausgedacht und habe es auch behalten. Glühend vor Eifer, habe ich es mir ausgedacht. Du bist mein erster Leser, das heißt, Zuhörer. Wirklich, warum sollte ein Autor auf seinen einzigen Zuhörer verzichten«, lächelte Iwan. »Erzählen oder nicht?«

»Ich bin ganz Ohr«, sagte Aljoscha.

»Mein Poem heißt ›Der Großinquisitor‹, es ist absurd, aber ich möchte es dir gern erzählen. Auch hier geht es nicht ohne ein Vorwort, das heißt, ohne ein literarisches Vorwort, ha-ha!« Iwan lachte, »und was für ein Literat bin ich schon! Siehst du, bei mir spielt die Handlung im sechzehnten Jahrhundert, und damals – das muß dir übrigens noch aus der Schule bekannt sein –, gerade damals war es üblich, in poetischen Werken die höheren Mächte auf die Erde herunterzuholen. Von Dante spreche ich erst gar nicht. In Frankreich führten Gerichtsschreiben und auch Mönche in den Klöstern ganze Spiele auf, in denen sie die Madonna, Engel, Heilige, Christus und Gottvater höchstpersönlich auf die Bühne brachten. Damals stellte man sich das alles sehr naiv vor. In ›Notre Dame de Paris‹ beschreibe Victor Hugo, wie in Paris unter Ludwig XI. im Rathaussaal ein erbauliches Spiel für das Volk aufgeführt wird, unentgeltlich, mit dem Titel ›Le bon jugement de la très sainte et gracieuse Vierge Marie‹, in dem sie persönlich auftritt und ihr bon jugement spricht. Bei uns, in Moskau, in vorpetrinischen Zeiten, wurden dann und wann eben solche beinahe dramatischen Spiele aufgeführt, vor allem nach dem Alten Testament; aber außer dramatischen Spielen kannte man auf der ganzen Welt eine Vielzahl von Geschichten und ›Gedichten‹, in denen nach Bedarf Heilige, Engel und sämtliche Himmelsmächte auftraten. In unseren Klöstern befaßte man sich auch mit Übersetzungen, mit dem Kopieren und sogar Verfassen solcher Poeme, – ausgerechnet unter dem Tatarenjoch. Da gibt es zum Beispiel ein kleines Klosterpoem (natürlich aus dem Griechischen) ›Der Gang Mariens durch die Höllenstrafen‹, mit Bildern von einer Kühnheit, die denen von Dante in nichts nachstehen. Die Gottesmutter besucht die Hölle, und der Erzengel Michael führt sie durch die ›Höllenstrafen‹. Sie sieht die Sünder in ihren Qualen. Darunter eine höchst bemerkenswerte Kategorie von Sündern in einem brennenden See: Wer in diesen See so tief versinkt, daß er nicht mehr an die Oberfläche auftauchen kann, der ›ist schon von Gott vergessen‹ – ein Ausdruck von außerordentlicher Tiefe und Kraft. Da wirft sich die erschütterte und weinende Gottesmutter vor Gottes Thron auf die Knie und fleht um Gnade für alle, die in der Hölle sind, für alle, die sie dort gesehen hat, ohne Unterschied. Ihr Zwiegespräch mit Gott ist kolossal interessant. Sie fleht, sie weicht nicht, und als Gott auf die von Nägeln durchbohrten Hände und Füße ihres Sohnes weist und fragt: ›Wie könnte ich Seinen Peinigern vergeben‹ – da ruft sie alle Heiligen, alle Märtyrer, alle Engel und Erzengel auf, mit ihr niederzuknien und um Gnade für alle zu flehen, ohne Ausnahme. Am Ende gewährt ihr der Herr ein Aussetzen der Höllenqualen jedes Jahr von Karfreitag bis Pfingsten, und sogleich preisen die Sünder in der Hölle Gott den Herrn und rufen:

›Der Herr ist gerecht: in allen Seinen Wegen.‹ Mein kleines Poem wäre etwas in dieser Art gewesen, wenn es in jener Zeit erschienen wäre. Bei mir erscheint auf der Bühne Er; allerdings spricht Er in dem Poem kein einziges Wort, Er tritt nur auf und geht ab. Fünfzehn Jahrhunderte sind bereits vergangen, seitdem Er Seine Wiederkehr in Seiner Herrlichkeit verheißen hat, wie bei seinem Propheten geschrieben steht: ›Siehe, ich komme bald‹. ›Von dem Tag aber und von der Stunde weiß niemand, auch der Sohn nicht, sondern allein der Vater‹, wie Er selbst noch auf Erden gesagt hat. Die Menschheit aber wartet auf Ihn mit dem einstigen Glauben und der einstigen Innigkeit. Oh, sogar mit größerem Glauben, denn fünfzehn

Jahrhunderte sind vergangen, seit der Himmel dem Menschen ein Pfand gewährte:

Was dein Herz dir sagt, das glaube,
Denn der Himmel gönnt kein Pfand.

Einzig und allein den Glauben an das vom Herzen Gesagte! Freilich, damals geschahen auch manche Wunder. Heilige gab es, die Wunderheilungen vollbrachten, und manche Gerechte wurden, nach ihren Viten, von der Himmlischen Königin selbst besucht. Aber der Teufel schläft nicht, und in der Menschheit erwachte schon der Zweifel an der Echtheit dieser Wunder. Gerade damals breitete sich im Norden, in Deutschland, eine furchtbare neue Häresie aus. Ein riesiger Sturm brannte ›wie eine Fackel‹ (das heißt, die Kirche), er ›fiel über die Wasserbrunnen... daß sie waren bitter geworden.‹ Diese Häresien beginnen die Wunder gotteslästerlich zu leugnen. Aber um so feuriger glauben die Treugebliebenen. Die Tränen der Menschheit steigen zu Ihm auf wie ehedem, sie harren Seiner, lieben Ihn, hoffen auf Ihn, dürsten danach, Seinetwillen zu leiden und zu sterben wie ehedem... Und nun hatte die Menschheit so viele Jahrhunderte voll Glauben inbrünstig gebetet: ›Unser Herr und unser Gott, offenbare Dich!‹, hatte so viele Jahrhunderte nach Ihm gerufen, daß es Ihn in Seinem unermeßlichen Mitleid verlangte, die Flehenden zu erhören. Er hatte auch schon früher manche Gerechten, Märtyrer und heilige Anachoreten erhört und sie noch auf Erden besucht, wie in ihren Viten geschrieben steht. Bei uns sagte Tjutschew, der fest an die Wahrheit seiner Worte glaubte:

> Unter des Kreuzes Last gebeugt,
> Durchwanderte in Knechtsgestalt
> Des Himmels König segnend
> Deine Fluren, du unsere Erde.

So muß es gewesen sein, sage ich dir. Aber nun verlangte es Ihn, und sei es auch nur für einen Augenblick, sich dem Volk zu offenbaren – dem geplagten, leidenden, stinkend sündigen, Ihn aber kindlich liebenden Volk. Das geschieht bei mir in Spanien, in Sevilla, auf dem Höhepunkt der Inquisition, als zum Ruhme Gottes im ganzen Land täglich die Scheiterhaufen loderten und man

> In prunkvollen Autodafés
> Böse Häretiker verbrannte.

Oh, das war natürlich nicht jene Wiederkunft, da Er nach Seiner Verheißung am Ende der Zeiten sich in aller himmlischen Herrlichkeit offenbaren wird, die jäh sein wird, ›gleich wie der Blitz ausgeht vom Anfang und scheinet bis zum Niedergang‹. Nein, es verlangte Ihn, wenigstens für einen Augenblick Seine Kinder zu besuchen, und zwar gerade dort, wo die Scheiterhaufen mit den Häretikern prasselten. In seiner unermeßlichen Barmherzigkeit wandelt Er noch einmal unter den Menschen, in derselben Menschengestalt, in der Er drei Jahre lang vor fünfzehn Jahrhunderten unter den Menschen gewandelt war. Er steigt hernieder auf die glutheißen Plätze der südlichen Stadt, in der erst am Vorabend in einem ›prunkvollen Autodafé‹ in Gegenwart des Königs, seines Hofes, der Ritter, der Kardinäle und der entzückendsten Hofdamen, vor dem zahllosen Volk Sevillas der Kardinal-Großinquisitor beinahe ein volles Hundert Häretiker auf einmal ad majorem Dei gloriam verbrannt hat. Er kam unaufällig und still, und doch, seltsamerweise, sie erkennen Ihn alle. Das könnte eine der besten Stellen des Poems geworden sein, das heißt, woran eigentlich sie Ihn erkennen. Die Menge strömt mit unaufhaltsamer Gewalt auf Ihn zu, umringt Ihn, wird immer dichter und folgt Ihm. Er schreitet wortlos unter den Menschen dahin, mit dem stillen Lächeln unendlichen Erbarmens. Die Sonne der Liebe scheint in Seinem Herzen, die Strahlen des Lichts, der Erleuchtung und der Kraft strömen aus Seinen Augen, ergießen sich über die Menschen und lassen ihre Herzen in Gegenliebe erbeben. Er hebt die Arme ihnen entgegen, segnet sie, und von jeder Berührung, auch nur Seiner Gewänder, geht heilende Kraft aus. Da ruft aus der Menge ein Greis, blind seit seiner Kindheit: ›Herr, heile mich, auf daß auch ich Dich sehe‹, und es ist, als lösten sich die Schuppen von seinen Augen, und der Blinde sieht ihn. Die Menge weint und küßt die Spuren Seiner Füße. Kinder streuen Blumen auf Seinen Weg, singen und jubeln Ihm entgegen: ›Hosianna!‹ Und alle wiederholen: ›Er ist's, Er ist's leibhaftig, Er muß es sein, es ist kein anderer als Er!‹ Er tritt vor ein Portal der Kathedrale von Sevilla, gerade in dem Augenblick, als ein offener weißer Kindersarg unter Wehklagen ins Gotteshaus getragen wird: Darin liegt ein siebenjähriges Mädchen, einzige Tochter eines angesehenen Bürgers. Das tote Kind ist in Blumen gebettet. ›Er wird dein Kind auferwecken!‹ rufen Stimmen aus der Menge der weinenden Mutter zu. Der Geistliche, der zum Empfang des Sarges aus der Kathedrale getreten ist, sieht verständnislos drein und runzelt die Stirn. Da hört man den lauten Schmerzensschrei der Mutter des toten Mädchens. Sie fällt Ihm zu Füßen: ›Wenn Du es bist, erwecke mein Kind vom Tode!‹ Der Trauerzug hält an, der kleine Sarg wird zu Seinen Füßen auf den Boden gesetzt. Sein Blick ist voller Erbarmen, und Seine Lippen sprechen leise noch einmal: ›Talitha kumi‹ – ›und alsbald stund das Mädchen auf‹. Das Mädchen richtet sich im Sarg auf, setzt sich und sieht sich lächelnd, mit weit geöffneten Äuglein, verwundert im Kreise um. In seinen Händen hält es den Strauß weißer Rosen, mit denen es im Sarge lag. In der Menge Freudentaumel, Schreie, Schluchzen, und da, in eben diesem Augenblick, geht über den Platz vor der Kathedrale der Kardinal-Großinquisitor selbst. Er ist ein Greis von bald neunzig Jahren, hochgewachsen, aufrecht, mit ausgemergeltem Gesicht und tief eingesunkenen Augen, in denen aber immer noch ein heller Funke glimmt. Oh, er hat nicht seine prunkvollen Kardinalsgewänder angelegt, in denen er gestern vor das Volk trat, als die Feinde des römischen Glaubens verbrannt wurden, – nein, jetzt trägt er seine alte grobe Mönchskutte. In gebührendem Abstand folgen ihm seine düsteren Gehilfen, seine Sklaven, und die Heilige Wache. Er bleibt beim Anblick der Menge stehen und beobachtet sie aus der Ferne. Er sieht alles. Er sieht, wie der Sarg Ihm zu Füßen gesetzt wird, sieht, wie das Mägdlein sich aus dem Sarge erhebt, und sein Gesicht verfinstert sich. Er runzelt seine grauen, dichten Brauen, und in seinen Augen flammt ein unheilverkündendes Feuer auf. Er weist mit dem Finger auf Ihn und befiehlt den Wachen, Ihn zu ergreifen. Und siehe, so groß ist seine Gewalt und so abgerichtet, gehorsam und ihm ergeben ist das Volk, daß die Menge sich sofort vor den Wachen teilt, und in der plötzlich eingetretenen Totenstille legen sie ungehindert Hand an Ihn und führen Ihn ab. Augenblicklich neigen sich vor dem greisen Inquisitor einmütig die Köpfe bis auf die Erde, er erteilt dem Volk schweigend den Segen und schreitet weiter. Die Wachen führen den Gefangenen in ein enges, düsteres Gewölbe, ein Verlies in dem uralten Sitz des Heiligen Tribunals, und schließen Ihn dort ein. Der Tag vergeht. Die Nacht, die dunkle, heiße sevillanische Nacht ohne einen einzigen ›Hauch‹ bricht an. Die Luft ist voll des ›Dufts von Lorbeer und Zitrone‹. In der tiefen Dunkelheit öffnet sich plötzlich die eiserne Tür des Verlieses, und der greise Großinquisitor selbst betritt langsam, ein Licht in der Hand, das Verlies. Er ist allein. Die Tür hinter ihm wird sofort abgeschlossen. Er bleibt am Eingang stehen und sieht Ihm lange, eine Minute oder auch zwei, ins Antlitz. Endlich nähert er sich Ihm langsam, stellt das Licht auf den Tisch und sagt:

›Bist Du es? Du?‹ Aber dann, da

eine Antwort ausbleibt, fügt er schnell hinzu: ›Antworte nicht, schweige. Und was könntest Du auch sagen? Ich weiß nur zu gut, was Du sagen würdest. Du hast ja auch nicht das Recht, dem etwas hinzuzufügen, was Du bereits früher gesagt hast. Warum bist Du gekommen, uns zu stören? Denn Du bist gekommen, uns zu stören, und Du weißt es selbst. Weißt Du aber auch, was morgen geschehen wird? Ich weiß nicht, wer Du bist, und ich will nicht wissen: Bist Du es Selbst oder nur Sein Ebenbild, aber morgen werde ich das Urteil über Dich sprechen und Dich als den schlimmsten aller Häretiker auf dem Scheiterhaufen verbrennen, und dasselbe Volk, das Dir heute die Füße küßte, wird morgen auf meinen Wink die Kohlenglut Deines Scheiterhaufens schüren. Weißt Du das? Ja, vielleicht weißt Du es‹, fügte er hinzu, ohne auch nur für einen Moment den Blick von seinem Gefangenen abzuwenden.«

»Ich verstehe nicht ganz, Iwan, was das bedeutet«, sagte Aljoscha lächelnd, der die ganze Zeit schweigend zugehört hatte. »Ist das einfach die ausufernde Phantasie oder das Versehen eines Greises, ein ganz unmögliches qui pro quo?«

»Meinetwegen das letztere«, Iwan lachte, »wenn dich der zeitgenössische Realismus schon so verdorben hat, daß du etwas Phantastisches einfach nicht mehr vertragen kannst – wenn du willst – ein qui pro quo, bitteschön. Es ist ja wahr«, er lachte wieder, »der Alte ist bereits neunzig, er hätte schon längst über seinen Ideen den Verstand verlieren können. Der Gefangene könnte ihn auch durch Sein Äußeres tief beeindruckt haben. Und schließlich könnte es auch die Vision vor dem Tode, das Delirium eines neunzigjährigen Greises gewesen sein, der noch dazu von dem gestrigen Autodafé der hundert verbrannten Häretiker erhitzt ist. Aber ist es uns beiden nicht ganz gleichgültig, ob es sich um ein qui pro quo oder eine ausufernde Phantasie handelt? Hier geht es nur darum, daß der Greis sich aussprechen muß, daß er endlich, nach neunzig Jahren, sich ausspricht und laut davon redet, wovon er neunzig Jahre lang geschwiegen hat.«

»Und sein Gefangener schweigt auch? Er sieht ihn an und sagt kein Wort?«

»So muß es sogar sein, in jedem Fall.« Iwan lachte schon wieder. »Der Greis selbst macht Ihn darauf aufmerksam, daß Er gar nicht das Recht habe, dem schon einmal Gesagten etwas hinzuzufügen. Wenn du so willst, ist eben das der allerwichtigste Zug des römischen Katholizismus, wenigstens meiner Meinung nach: ›Alles‹, sagt er, ›hast Du dem Papst übergeben, folglich liegt jetzt alles beim Papst, Du brauchst jetzt gar nicht mehr zu kommen, uns wenigstens vor der Zeit nicht zu stören.‹ In diesem Sinne wird bei ihnen nicht nur gesprochen, sondern auch geschrieben, zumindest von den Jesuiten. Ich habe das bei ihren Theologen gelesen. ›Hast Du das Recht, uns auch nur ein einziges von den Geheimnissen jener Welt, aus der Du kommst, zu offenbaren?‹ fragt Ihn mein Greis und antwortet statt Seiner: ›Nein, Du hast es nicht, damit Du dem bereits früher Gesagten nichts hinzufügst und den Menschen die Freiheit, woran Dir damals, als Du auf Erden weiltest, soviel lag, nicht nimmst. Alles, was Du von neuem offenbaren würdest, müßte die Freiheit des Glaubens der Menschen beeinträchtigen, denn es würde ihnen als Wunder erscheinen, die Freiheit ihres Glaubens aber war Dir schon damals, vor anderthalb Jahrtausenden, das Allerteuerste. Warst nicht Du es, der damals so oft wiederholte: ‚Ich will euch frei machen.‘ Nun, vorhin hast Du sie gesehen, diese ‚freien‘ Menschen‹, fügt plötzlich der Greis mit nachdenklichem Lächeln hinzu. ›Ja, dieses Werk kam uns teuer zu stehn‹, fährt er fort und sieht Ihn streng an, ›aber wir haben dieses Werk endlich in Deinem Namen vollbracht. Fünfzehn Jahrhunderte lang haben wir uns mit dieser Freiheit geplagt, aber nun ist es vollbracht, und zwar vollbracht für alle Zeit. Du willst nicht glauben, daß es für alle Zeit vollbracht ist? Du siehst mich sanftmütig an und würdigst mich nicht einmal Deines Zorns? Aber Du mußt wissen, daß jetzt, gerade jetzt, diese Menschen mehr denn je von ihrer uneingeschränkten Freiheit überzeugt sind, während sie selbst ihre Freiheit uns dargebracht und unterwürfig zu Füßen gelegt haben. Wir sind es, die das erreicht haben, aber ist es auch das, was Du gewollt, ist diese Freiheit dieselbe, die Du gemeint hast?‹«

»Ich verstehe schon wieder nicht«, unterbrach ihn Aljoscha, »meint er das ironisch, macht er sich über Ihn lustig?«

»Nicht im mindesten. Er rechnet sich und den Seinen als hohes Verdienst an, daß sie endlich die Freiheit besiegt haben und zwar, um die Menschen glücklich zu machen. ›Jetzt erst (er meint natürlich die Inquisition) ist es möglich geworden, an das Glück der Menschen zu denken. Der Mensch ist zum Rebellen geschaffen; aber kann denn ein Rebell glücklich sein? Du wurdest gewarnt‹, fährt der Greis fort, ›es fehlte Dir nicht an Warnungen und Zeichen, aber Du hörtest nicht auf die Warnungen. Du verschmähtest den einzigen Weg, auf dem man die Menschen glücklich machen kann, aber glücklicherweise hast Du, ehe Du schiedest, dieses Werk uns überlassen. Du hast es uns zugesichert. Du hast es mit Deinem Wort besiegelt. Du hast uns das Recht gegeben zu binden und zu lösen, und jetzt ist es unmöglich, auch nur daran zu denken, uns dieses Recht zu entziehen. Warum also bist Du gekommen, uns zu stören?‹«

»Und was heißt: ›Es fehlte Dir nicht an Warnungen und Zeichen‹?« fragte Aljoscha.

»Das ist ja das Wichtigste, was der

Greis aussprechen muß. ›Der furchtbare und kluge Geist, der Geist der Selbstvernichtung und des Nichtseins‹, fährt der Greis fort, ›der große Geist sprach mit Dir in der Wüste, und uns ist in den Büchern überliefert, er habe Dich ‚versucht'. Trifft das wirklich zu? Wäre es möglich, jemals etwas zu sagen, das der reinen Wahrheit näher käme als das, was er Dir in den drei Fragen offenbarte, und was Du verwarfst und was in der Schrift ‚Versuchung' genannt wird? Wenn jemals auf Erden ein echtes Wunder, ein Blitz aus heiterem Himmel geschehen ist, so an jenem Tag, an dem Tag dieser drei Versuchungen. Daß diese drei Fragen gestellt wurden, das war ja das Wunder. Wenn es möglich wäre, sich vorzustellen, als Experiment und Exempel, daß diese drei Fragen des furchtbaren Geistes spurlos aus den Schriften verschwunden wären, daß man sie restituieren, neu ausdenken und erfinden müßte, um sie wieder in die Schrift einzufügen, und dazu alle Weisen dieser Erde – Regierende, Hohe Priester, Gelehrte, Philosophen, Dichter – zusammenrufen und ihnen die Aufgabe stellen würde: Denkt euch drei Fragen aus, erfindet sie, – die nicht nur dem Maßstab des Geschehens entsprechen, sondern darüber hinaus in drei Worten, in drei menschlichen Sätzen die gesamte künftige Geschichte der Welt und der Menschheit enthalten – glaubst Du, daß alle Gelehrsamkeit der Erde mit vereinten Kräften etwas erfinden könnte, das an Kraft und Tiefe sich mit diesen drei Fragen vergleichen ließe, die Dir damals der großmächtige und kluge Geist in der Wüste wirklich gestellt hat? Allein an diesen Fragen, allein an dem Wunder ihres Erscheinens kann man erkennen, daß man es nicht mit einem menschlichen, zeitlichen, sondern mit einem überzeitlichen und absoluten Geist zu tun hat. Denn diese drei Fragen vereinen zu einem prophetischen Ganzen die gesamte künftige Geschichte der Menschheit und offenbaren die drei Bilder, in denen sich sämtliche unlösbaren historischen Widersprüche der menschlichen Natur auf der ganzen Welt konzentrieren. Damals war das noch nicht so deutlich zu erkennen, denn die Zukunft lag noch unverhüllt da, aber jetzt, nach fünfzehn

Jahrhunderten, erkennen wir, daß in diesen drei Fragen alles so genau vorausgesehen und vorausgesagt ist und sich so bewahrheitet hat, daß man ihnen nichts hinzufügen oder etwas weglassen kann.

Entscheide selbst, wer damals recht hatte: Du oder der andere, der Dich damals fragte? Erinnere Dich der ersten Frage: sie lautete, wenn nicht buchstäblich, so doch dem Sinne nach: ›Du willst unter die Menschen treten und kommst mit leeren Händen, mit der Verheißung einer Freiheit, die sie in ihrer Einfalt und als geborene Unruhestifter nicht einmal erfassen können, vor der sie sich fürchten und zurückschrecken – denn es gab noch nie etwas Unerträglicheres für den Menschen und für die menschliche Gesellschaft als die Freiheit! Siehst Du die Steine in dieser nackten glühenden Wüste? Verwandle sie in Brote, und die Menschheit wird Dir folgen wie eine Herde, dankbar und gehorsam, wenn auch ewig bangend, Du könntest Deine Hand zurückziehen und mit Deinen Broten würde es ein Ende nehmen.‹ Du aber wolltest dem Menschen die Freiheit lassen und verwarfst das Angebot, denn was wäre das für eine Freiheit, fragtest Du, wenn der Gehorsam mit Broten erkauft würde? Du entgegnetest, daß der Mensch nicht allein vom Brote lebe, weißt Du aber auch, daß der Geist der Erde sich im Namen gerade dieses irdischen Brotes gegen Dich erheben, mit Dir streiten und Dich besiegen wird, und daß alle ihm nachfolgen und ausrufen werden: ›Wer ist dem Tier gleich, es macht vor uns das Feuer vom Himmel fallen!‹ Weißt Du auch, daß Zeiten vergehen werden und daß die Menschheit durch den Mund ihrer Weisheit und Wissenschaft verkünden wird, daß es kein Verbrechen gibt, folglich auch keine Sünde, sondern nur Hungernde? ›Mache sie satt, und verlange dann von ihnen Tugend!‹ – dies wird auf ihrem Banner stehen, mit dem sie gegen Dich ziehen und Deinen Tempel niederreißen werden. Und an Stelle Deines Tempels wird ein neuer Bau errichtet, wird von neuem ein furchtbarer babylonischer Turm errichtet werden, und obwohl auch dieser, genau wie der erste, nicht vollendet werden wird, hättest Du den Bau dieses neuen Turms vermeiden und die Leiden der Menschen um tausend Jahre verkürzen können, denn sie werden doch zu uns kommen, nachdem sie tausend Jahre lang sich mit ihrem Turm abgequält haben! Sie werden uns dann abermals unter der Erde finden, in Katakomben, im Verborgenen (denn wir werden abermals verfolgt und gemartert werden), sie werden uns finden und uns anflehen: ›Macht uns satt, denn die, die uns das Feuer vom Himmel versprachen, haben es uns nicht gegeben.‹ Und dann werden wir es sein, die ihren Turm vollenden, denn nur der wird ihn vollenden, der satt machen kann, und satt machen werden nur wir, in Deinem Namen, wir werden lügen, daß es in Deinem Namen geschähe. Oh, niemals,

niemals werden sie ohne uns satt werden! Nie wird eine Wissenschaft ihnen Brot geben, solange sie frei bleiben, aber das Ende wird sein, daß sie ihre Freiheit uns zu Füßen legen, und uns sagen: ›Macht uns zu Euren Knechten, aber macht uns satt! Sie werden endlich einsehen, daß Freiheit und irdisches Brot, ausreichend für alle, unvereinbar sind, denn niemals, niemals werden sie lernen, miteinander zu teilen! Sie werden sich auch davon überzeugen, daß sie niemals frei sein können, weil sie kleinmütig, lasterhaft, nichtswürdig und Rebellen sind. Du hast ihnen das himmlische Brot verheißen, aber, ich wiederhole, kann dieses himmlische Brot sich in den Augen des schwachen, stets lasterhaften und stets niederträchtigen Menschengeschlechts mit dem irdischen vergleichen? Selbst wenn im Namen des himmlischen Brotes Dir Tausende und Zehntausende nachfolgen sollten, was würde mit den Millionen und zehntausend Millionen von Wesen geschehen, über deren Kräfte es geht, auf das irdische Brot zugunsten des himmlischen zu verzichten? Oder sind Dir nur die Zehntausende Starker und Großer teuer, während die übrigen Millionen, zahllos wie der Sand am Meer, die Schwachen, aber Dich ebenfalls Liebenden, diesen Großen und Starken nur als Material dienen sollen? Nein, uns sind auch die Schwachen teuer. Sie sind lasterhaft und Rebellen, aber schließlich sind sie es, die den Gehorsam lernen werden. Sie werden uns bewundern und uns für Götter halten, weil wir bereit sind, sie zu führen, die Freiheit zu ertragen und über sie zu herrschen – ein solches Grauen wird für sie schließlich die Freiheit bedeuten! Wir aber werden sagen, daß wir Dir nachfolgten und in Deinem Namen herrschten. Wir werden sie abermals betrügen, denn Dich werden wir nicht mehr zu uns hereinlassen. Und in eben diesem Betrug wird unser Leiden bestehen, denn wir werden lügen müssen. Das ist es, was diese erste Frage in der Wüste bedeutete, und was Du von Dir gewiesen hast, im Namen einer Freiheit, die Du über alles stelltest. Indessen war in dieser Frage das große Geheimnis dieser Welt beschlossen. Hättest Du die ›Brote‹ angenommen, dann wäre das Deine Antwort gewesen auf die allgemeine und ewige menschliche Sehnsucht, sowohl jedes einzelnen als auch der ganzen Menschheit, nämlich: ›Wen sollen wir anbeten?‹ Es gibt keine Sorge, die für den frei gewordenen Menschen anhaltender und quälender wäre, als die, sobald wie möglich jemand zu finden, vor dem man sich in Anbetung verneigen könnte. Doch muß der Gegenstand dieser Anbetung unbestritten sein, absolut unbestritten, so daß alle Menschen sogleich bereit wären, ihn gemeinsam anzubeten. Denn die Sorge dieser jämmerlichen Kreaturen besteht nicht allein im Suchen nach einem Gegenstand meiner oder meines Nachbarn Anbetung, sondern im Suchen nach etwas, an das alle glauben und das alle anbeten sollen, und zwar unbedingt *alle gemeinsam.* Dieses Bedürfnis nach *Gemeinsamkeit* der Anbetung ist die größte Pein jedes einzelnen Menschen und der gesamten Menschheit seit Anbeginn der Zeiten. Um der gemeinsamen Anbetung willen rotteten sie einander mit dem Schwert aus. Sie schufen sich ihre Götter und forderten einander auf: ›Verlaßt eure Götter, kommt und betet unsere an, sonst seid ihr und eure Götter des Todes!‹ Und so wird es bleiben bis ans Ende der Welt, sogar dann noch, wenn auch die Götter in die Knie sinken. Dir konnte dieses wichtigste Geheimnis der menschlichen Natur nicht verborgen sein, aber Du hast das einzige absolute Banner, das Dir angeboten wurde, zurückgewiesen, das Banner des irdischen Brotes, mit dem Du alle hättest zwingen können, Dich vorbehaltlos anzubeten, Du hast es abgelehnt im Namen der Freiheit und des himmlischen Brotes. Und nun sieh, was Du weiter tatest. Und zwar wiederum im Namen der Freiheit! Ich sage Dir, daß es keine quälendere menschliche Sorge gibt, als jemand zu finden, dem er so schnell wie möglich die Gabe der Freiheit, mit der dieses unglückselige Wesen auf die Welt kommt, übergeben kann. Aber nur der kann sich der Freiheit der Menschen bemächtigen, der ihr Gewissen beruhigt. Mit dem Brote ward Dir ein wirksames Banner gereicht: Du gibst Brot, und der Mensch betet Dich an, denn es gibt nichts Unbestritteneres als Brot, wenn aber irgend jemand gleichzeitig, neben Dir, sich seines Gewissens bemächtigt – oh, dann wird der Mensch auch Dein Brot von sich werfen und jenem nachfolgen, der sein Gewissen verführt. Darin hattest Du recht. Denn das Geheimnis des menschlichen Seins liegt nicht darin, daß man lebt, sondern darin, wofür man lebt. Ohne eine feste Vorstellung davon, wofür der Mensch lebt, ist er nicht willens zu leben und wird eher Hand an sich legen, als auf der Erde zu bleiben, mag er noch so reichlich von Broten umgeben sein. So ist es, aber was ist daraus geworden: Statt der Freiheit der Menschen sich zu bemächtigen, hast Du sie noch größer gemacht! Hast Du vergessen, daß Ruhe und sogar der Tod dem Menschen lieber sind als die freie Wahl im Wissen von Gut und Böse? Nichts ist für den Menschen so verführerisch wie die Freiheit seines Gewissens, aber es gibt auch nichts, was ihn mehr peinigt. Und nun hast Du, statt für die festen Grundsätze eines für immer beruhigten Gewissens, Dich für alles entschieden, was Ausnahme, Rätselhaftes und Schwankendes ist, für alles, was über die Kräfte der Menschen geht, Du handeltest ganz so, als liebtest Du sie nicht – ausgerechnet Du; Du, der Du gekommen bist, Dein Leben für die Menschen zu lassen! Statt Dich der menschlichen Freiheit zu bemächtigen, hast Du sie vervielfacht und das seelische Reich des Menschen mit ihrer Qual für alle Zeiten schwer belastet. Dich verlangte es nach einer Liebe aus Freiheit, nach der freien Nachfolge des von Dir angenommenen und ergriffenen Menschen. Anstelle des alten, festen Gesetzes sollte der Mensch sich künftig selbst aus freiem Herzen, für Gut oder Böse entscheiden und sich einzig von Deinem Bild in seiner Seele leiten lassen: Aber wie konntest Du dabei außer acht lassen, daß er schließlich sogar Dein Bild und Deine Wahrheit verwerfen muß, wenn ihm eine so furchtbare Last auferlegt wird, wie die Freiheit der Wahl? Und schließlich werden sie verkünden, daß Du keineswegs die Wahrheit bist, denn man hätte sie keiner größeren Verwirrung und Pein aussetzen können, wie Du es tatest, indem Du ihnen so viele Sorgen und unlösbare Fragen aufbürdetest.

Dadurch hast Du selbst mit der Zerstörung Deines eigenen Reiches den Anfang gemacht und darfst keinem anderen die Schuld daran geben. Und was wurde Dir in Aussicht gestellt? Drei Kräfte auf Erden, einzig und allein diese drei Kräfte, vermögen das Gewissen dieser kraftlosen Rebellen für alle Ewigkeit zu unterwerfen und zu bannen, zu ihrem eigenen Glück – diese Kräfte sind: Das Wunder, das Geheimnis und die Autorität. Du hast das erste, das zweite und das dritte von Dir gewiesen und damit selbst ein Beispiel gegeben. Als der furchtbare und allweise Geist Dich auf die Zinnen des Tempels führte und sprach: ›Wenn Du wissen willst, ob Du Gottes Sohn bist, so stürze Dich hinab, denn von Ihm ist geschrieben, daß die Engel Ihn auffangen und tragen werden, daß Er nicht stürzen und zerschmettern wird, und so wirst Du wissen, ob Du Gottes Sohn bist, und beweisen, wie groß Dein Glaube an Deinen Vater ist‹, da wiesest Du den Vorschlag, den Du vernahmst, von Dir, folgtest ihm nicht und stürztest Dich nicht hinab. Oh, gewiß, da handeltest Du stolz und herrlich wie Gott, die Menschen aber, dieses schwache, rebellische Geschlecht – sind sie etwa Götter? Du wußtest, oh, Du wußtest damals, daß Du, so Du nur einen Schritt, auch nur eine Bewegung machtest, um Dich hinabzustürzen, sofort Gott selbst versucht und Deinen Glauben an Ihn eingebüßt hättest, daß Du an der Erde, die Du zu retten gekommen warst, zerschmettert wärest, und daß der kluge Geist, der Dich versuchte, triumphiert hätte. Aber, ich wiederhole, gibt es viele, die so sind, wie Du bist? Sollte es möglich sein, daß Du auch nur eine Minute lang annehmen konntest, daß es auch dem Menschen gegeben sei, einer solchen Versuchung zu widerstehen? Ist denn die menschliche Natur so beschaffen, daß sie auf das Wunder verzichten und in solchen furchtbaren Augenblicken des Lebens, in den Augenblicken ihrer qualvollen seelischen Grundfragen allein auf die freie Entscheidung des Herzens angewiesen sein könnte? Oh, Du wußtest, daß Deine Tat in die Schrift eingehen, daß sie die Abgründe der Zeit überdauern und die entferntesten Himmelsstriche erreichen würde, und Du hofftest, daß der Mensch Deine Nachfolge antreten und bei Gott bleiben würde, ohne des Wunders zu bedürfen. Aber Du wußtest nicht, daß der Mensch, sobald er das Wunder verneint, sogleich auch Gott verneint, denn dem Menschen liegt weniger an Gott als an dem Wunder. Und da es über Menschenkraft geht, ohne das Wunder auszukommen, schafft er sich selbst seine Wunder, seine eigenen Wunder und beugt seine Knie vor Zauberei und Hexenspuk, mag er auch hundertmal Rebell, Häretiker und Atheist sein. Du bist nicht vom Kreuz herabgestiegen, als sie Dich verhöhnten, Deiner spotteten und riefen: ›Steig herab vom Kreuz, und wir werden glauben, daß Du es bist.‹ Du stiegst nicht herab, weil Du wiederum die Menschen nicht durch ein Wunder in Deinen Bann schlagen wolltest und nach freiem Glauben, nicht aber nach Wunderglauben dürstetest. Es dürstete Dich nach freier Liebe und nicht nach dem sklavischen Entzücken des Geknechteten vor einer Macht, die ihn einmal für immer mit Entsetzen erfüllt hat. Aber auch darin hast Du die Menschen überschätzt, denn sie sind, wiewohl als Rebellen geschaffen, nun einmal Sklaven. Siehe um Dich und urteile doch selbst, fünfzehn Jahrhunderte sind nun verstrichen, siehe sie Dir an: Wen hast Du zu Dir erhoben? Ich schwöre, der Mensch ist schwächer und niedriger geschaffen, als Du von ihm dachtest! Ist es ihm möglich, ist es ihm wirklich möglich, dasselbe zu erfüllen wie Du? Indem Du ihn überschätztest und allzuviel von ihm verlangtest, handeltest Du so, als hättest Du kein Mitleid mehr mit ihm – ausgerechnet Du, der Du ihn mehr liebtest als Dich selbst! Hättest Du ihn nicht überschätzt, so hättest Du weniger von ihm verlangt, und das wäre der Liebe ähnlicher gewesen, denn seine Bürde wäre leichter geworden. Er ist schwach, und er ist niederträchtig. Was besagt das schon, daß er heute allerorten gegen unsere Herrschaft rebelliert und daß er stolz ist, weil er rebelliert? Das ist der Stolz eines Kindes und eines Schulbuben. So rebellieren Kinder, die sich in ihrer Klasse zusammenrotten und den Lehrer davonjagen. Aber die

Begeisterung der Kinder wird ein Ende haben, und dieses Ende wird sie teuer zu stehen kommen. Sie werden die Tempel niederreißen und die Erde mit Blut tränken. Aber schließlich werden die törichten Kinder einsehen müssen, daß sie zwar Rebellen sind, aber kraftlose Rebellen, die ihre eigene Rebellion nicht aushalten können. Sie werden ihre törichten Tränen vergießen und schließlich einsehen, daß der, der sie als Rebellen schuf, seinen Spott mit ihnen getrieben hat. Das werden sie in ihrer Verzweiflung sagen, und das Gesagte wird Lästerung sein und sie noch unglücklicher machen, denn die menschliche Natur erträgt keine Lästerung und straft dafür schließlich sich selbst. Also Unruhe, Ratlosigkeit und

Unglück – das ist das heutige menschliche Geschick, nach alldem, was Du für ihre Freiheit erduldet hast! Dein großer Prophet sagt in Bildern und Gleichnissen, daß man alle Zeugen der Ersten Auferstehung gesehen hätte und daß ihrer aus jedem Stamm Zwölftausend gewesen wären. Aber wenn ihrer so wenige waren, so müßten sie keine Menschen, sondern Götter gewesen sein. Sie haben Dein Kreuz ausgehalten, sie haben Dutzende von Jahren hungernd und nackt in der Wüste gelebt und sich von Heuschrecken und Wurzeln genährt, – Du kannst selbstverständlich mit Stolz auf diese Kinder der Freiheit, der freien Liebe, des freien großartigen Opfers in Deinem Namen hinweisen. Aber bedenke, daß ihrer nur einige Tausend und daß sie überdies Götter waren, und die anderen? Was haben die anderen schwachen Menschen verschuldet, daß sie das nicht aushalten konnten, was die Starken ausgehalten haben? Was haben die schwachen Seelen verschuldet, daß sie außerstande sind, solch furchtbare Gaben in sich aufzunehmen? Ist es denn möglich, daß Du wirklich nur zu den Auserwählten und um der Auserwählten willen gekommen bist? Wenn es so ist, dann ist hier ein Geheimnis verborgen, und uns ist es nicht beschieden, es zu begreifen. Und wenn es ein Geheimnis ist, so steht auch uns das Recht zu, ein Geheimnis zu predigen und sie zu lehren, daß es nicht auf die freie Herzensentscheidung und auch nicht auf die

Liebe ankommt, sondern auf das Geheimnis, dem sie blind zu vertrauen haben, sogar gegen das eigene Gewissen. Und so haben wir gehandelt. Wir haben Deine Opfertat korrigiert und sie *auf Wunder, Geheimnis und Autorität* gegründet, und die Menschen haben sich gefreut, daß sie wieder geführt wurden, wie eine Herde, und daß die Last der furchtbaren Gabe, die ihnen so viele Qualen verursacht hatte, endlich von ihren Herzen genommen war. Taten wir nicht recht daran, daß wir so lehrten und so handelten? Sprich! Haben wir etwa die Menschen nicht geliebt, als wir in Demut ihre Kraftlosigkeit erkannten, in Liebe ihre Bürde erleichterten und in Anbetracht ihrer anfälligen Natur ihnen sogar die Sünde zugestanden, wenn auch nur mit unserer Billigung? Warum also bist Du gekommen, uns zu stören? Und warum schaust Du mich schweigend und eindringlich mit Deinen sanften Augen an? Zürne mir, denn ich will Deine Liebe nicht, weil auch ich Dich nicht liebe. Und was kann ich vor Dir verheimlichen? Weiß ich denn nicht, mit wem ich rede? Alles, was ich Dir zu sagen habe, ist Dir schon bekannt, ich lese es in Deinen Augen. Kann ich denn vor Dir unser Geheimnis bewahren? Vielleicht aber möchtest Du es gerade aus meinem Munde hören. So höre denn: Wir sind nicht mit Dir, sondern mit *Ihm,* schon seit acht Jahrhunderten. Genau acht Jahrhunderte ist es her, da wir das von Ihm annahmen, was Du entrüstet zurückgewiesen hast, jene letzte Gabe, die Er Dir darbot, indem er vor Dir alle Reiche der Erde ausbreitete: Wir nahmen aus seiner Hand Rom und das Schwert der Caesaren und erklärten uns für die Kaiser der Erde, die einzigen Kaiser, auch wenn es uns bis heute noch nicht gelungen ist, unser Werk zu vollenden. Und wer ist Schuld daran? Oh, heute noch stehen wir mit diesem Werk erst am Anfang, aber der Anfang ist gemacht. Wir werden noch lange auf seine Vollendung warten müssen, und die Erde wird noch großes Leid erdulden, aber wir werden es vollenden, und wir werden die Caesaren sein und werden dann an das Glück der Menschen auf der ganzen Welt denken. Indessen hättest du damals schon das Schwert der

Caesaren ergreifen können. Warum hast Du diese letzte Gabe von Dir gewiesen? Wärest Du diesem dritten Rat des mächtigen Geistes gefolgt, so hättest Du alles erfüllt, wonach es den Menschen auf Erden verlangt, das heißt: Jemand, den man anbetet, jemand, dem man das Gewissen überantwortet, wodurch die gesamte Menschheit endlich in einen aller Zweifel baren, allgemeinen und gleichgesinnten Ameisenhaufen vereinigt wird, denn das Verlangen nach universeller Vereinigung ist die dritte und letzte Qual des Menschen. Von jeher hat die Menschheit als Ganzes um jeden Preis nach erdumfassender Totalität gestrebt. Es gab viele große Völker mit einer großen Geschichte, aber je höher diese Völker aufstiegen, desto unglücklicher wurden sie, denn desto stärker empfanden sie das Verlangen nach einer universellen Vereinigung der Menschen. Die großen Eroberer, ein Timur, ein Dschinghis Khan, sind wie ein Sturmwind über die Erde dahingejagt in ihrem Drang, die ganze Welt mit dem Schwert zu erobern, aber auch sie folgten unbewußt demselben mächtigen Verlangen der Menschheit nach universeller und allgemeiner Vereinigung. Hättest Du das Reich und den Purpur Caesars angenommen, Du hättest das Weltreich gegründet und der ganzen Welt den ewigen Frieden gestiftet. Denn wer soll über die Menschen herrschen, wenn nicht die, die über ihr Gewissen herrschen und in deren Hand ihre Brote sind? Und so haben wir das Schwert Caesars ergriffen und, indem wir es ergriffen, uns von Dir losgesagt und sind *Ihm* gefolgt. Oh, es werden weitere Jahrhunderte von Ausschreitungen des freien Geistes, ihrer Wissenschaft und der Anthropophagie vorübergehen müssen, weil sie, die ohne uns den Bau ihres babylonischen Turmes begonnen haben, mit Anthropophagie enden müssen. Aber dann wird das Tier uns vor die Füße kriechen, unsere Füße lecken und mit den blutigen Tränen seiner Augen benetzen. Und wir werden auf dem Tier sitzen und den Becher heben, auf dem geschrieben steht: ‚Geheimnis'! Dann erst wird für die Menschen das Reich des Friedens und des Glücks gekommen sein. Du bist stolz auf Deine Auserwählten, aber Du hast nur die Auserwählten, wir aber werden allen den Frieden bringen. Und damit nicht genug: Manche dieser Auserwählten und der Starken, die Auserwählte hätten werden können, des Harrens auf Dein Kommen müde, haben, und werden es künftig weiter tun, die Kraft ihres Geistes und die Glut ihres Herzens auf einen anderen Acker getragen, um schließlich ihr eigenes *freies* Banner gegen Dich zu erheben. Aber Du hattest ja selbst dieses Banner erhoben. Bei uns aber werden alle glücklich sein, und keinem wird es einfallen zu rebellieren oder andere auszurotten, wie sie es in Deiner Freiheit allerorten getan haben. Oh, wir werden sie davon überzeugen, daß sie nur dann ihre Freiheit erlangen, wenn sie auf ihre Freiheit zu unseren Gunsten verzichten und sich uns anheimgeben. Wird es von uns recht getan sein, oder werden wir lügen? Sie werden sich selbst davon überzeugen, daß wir recht taten, denn sie werden sich daran erinnern, in welche Abgründe der Sklaverei und Verwirrung sie Deine Freiheit gestürzt hat. Die Freiheit, der freie Geist und die Wissenschaft werden sie in ein so undurchdringliches Dikkicht führen und sie vor solche Wunder und unergründliche Geheimnisse stellen, daß die einen von ihnen, die Widerspenstigen und Unbändigen, sich selbst ausrotten, und die anderen, die Dritten, die übriggebliebenen Schwächlinge und Pechvögel, sich uns zu Füßen legen und uns anflehen werden: ‚Ja, Ihr habt recht getan, Ihr allein seid im Besitz Seines Geheimnisses, wir kehren zu Euch zurück, rettet uns vor uns selbst.' Wenn sie aus unseren Händen die Brote empfangen, werden sie natürlich sehen, daß wir diese Brote, das Werk ihrer eigenen Hände, ihnen nehmen, um sie unter ihnen zu verteilen, daß von einem Wunder nicht die Rede sein kann, sie werden sehen, daß wir mitnichten Steine in Brot verwandeln, aber sie werden wahr und wahrhaftig, mehr noch als über das Brot, sich darüber freuen, daß sie es aus unseren Händen erhalten! Denn sie werden sich nur zu gut daran erinnern, daß früher, ohne uns, die Brote, ihr eigenes Werk, sich in ihren Händen in Steine verwandelt und erst, nachdem sie zu uns zurückgekehrt waren, die Steine in ihren Händen sich in Brote verwandelt haben. Sie werden gut, sehr gut schätzenlernen, was es bedeutet, sich endgültig zu unterwerfen! Und wer hat dieses Nicht-Einsehen begünstigt, weißt Du das? Wer hat die Herde versprengt und sie auf unbegehbaren Wegen zerstreut? Aber die Herde wird sich von neuem sammeln und sich von neuem unterwerfen, diesmal endgültig. Und dann werden wir ihnen ein stilles, bescheidenes Glück gewähren, das Glück der Schwachen, wofür sie auch geschaffen sind. Oh, wir werden sie schließlich davon überzeugen, daß sie keinen Grund zum Hochmut haben, denn Du hattest sie erhöht und sie damit den Hochmut gelehrt; wir werden ihnen beweisen, daß sie schwach sind, daß sie Mitleid verdienen, daß sie nichts anderes sind als Kinder, daß aber das Glück eines Kindes das süßeste Glück ist: Sie werden ängstlich werden, sie werden an uns hängen und sich bange an uns drängen wie Küken an die Glucke. Sie werden uns bewundern und fürchten und auf uns stolz sein, weil wir so mächtig und so klug sind, daß wir eine versprengte, ungebändigte Herde von tausend Millionen Köpfen bändigen können. Sie werden ermattet vor unserem Zorn zittern, ihr Denken wird verzagen, ihre Augen werden sich leicht mit Tränen füllen wie die Augen von Kindern oder Frauen, aber ebenso leicht werden sie auf ein Zeichen von uns zur Heiterkeit, zum Lachen, zur hellen Freude und zum glücklichen

Kindergesang übergehen. Ja, wir werden sie arbeiten lassen, aber in ihrer freien Zeit ihnen ein Leben bieten wie das Spielen der Kinder, mit Kinderliedern und Chören, begleitet von unschuldigen Tänzen. Oh, wir werden ihnen auch die Sünde erlauben, denn sie sind schwach und kraftlos, und sie werden uns lieben wie Kinder, weil wir ihnen die Sünde erlauben. Wir werden ihnen sagen, daß eine jegliche Sünde erlassen werde, wenn sie mit unserer Erlaubnis begangen wird; daß wir ihnen darum die Sünde erlaubten, weil wir sie liebten, die Strafe aber für ihre Sünden bereitwillig auf uns nähmen. Wir werden sie auf uns nehmen, sie aber werden uns vergöttern als ihre Wohltäter, die ihrer Sünden Last vor Gott tragen. Und sie werden vor uns keine Geheimnisse haben. Wir werden ihnen erlauben oder verbieten, mit ihren Frauen und Geliebten zu schlafen, Kinder zu zeugen oder nicht – alles nach dem Maß ihres Gehorsams –, und sie werden sich uns fröhlich und heiter unterwerfen. Die schlimmsten Qualen ihres Gewissens – alles, alles werden sie uns darbringen, und wir werden sie von allem befreien, und sie werden voll Freude auf unsere Sündenbefreiung vertrauen, weil wir sie von der großen Sorge und den jetzigen furchtbaren Qualen der persönlichen und freien Entscheidung erlösen. Und alle werden glücklich sein, Millionen von Wesen, außer den paar Hunderttausend, die über ihnen wachen. Denn wir allein, wir, die das Geheimnis bewahren, nur wir werden unglücklich sein. Es wird tausend Millionen glücklicher kleiner Kinder geben und hunderttausend Märtyrer, die den Fluch der Erkenntnis von Gut und Böse freiwillig auf sich genommen haben. Sie werden freilich sterben, friedlich in Deinem Namen erlöschen und jenseits des Grabes nichts als den Tod finden. Wir aber werden das Geheimnis hüten und sie um ihres Glücks willen mit himmlischer Belohnung, welche ewig sei, locken. Aber selbst wenn im Jenseits etwas wäre, so wäre es freilich nicht für solche wie sie. Es wird geredet und prophezeit, daß Du wiederkommen wirst, gefolgt von Deinen Auserwählten, den Stolzen und Mächtigen, wir aber werden sagen, daß diese nur sich selbst retten wollten, während wir alle gerettet haben. Es wird geredet, daß der Buhlerin, die auf dem Tier sitzt und in ihren Händen das *Geheimnis* hält, Schimpf angetan wird, daß die anderen, die Kraftlosen, sich von Neuem erheben, ihr Scharlachgewand zerreißen und ihren ›eklen‹ Leib entblößen werden. Aber dann werde ich mich erheben und Dir tausend Millionen glücklicher kleiner Kinder zeigen, die keine Sünde kennen. Und wir, die wir ihre Sünden um ihres Glücks willen auf uns genommen haben, wir werden vor Dich hintreten und sagen: ›Richte uns, wenn Du kannst und es wagst.‹ Du mußt wissen, daß ich Dich nicht fürchte. Du mußt wissen, daß auch ich in der Wüste gelebt, daß auch ich mich von Heuschrecken und Wurzeln ernährt, daß auch ich die Freiheit gesegnet habe, mit der Du die Menschen gesegnet hast, und mich auch bereitet habe, mich in die Zahl Deiner Auserwählten einzureihen, der Mächtigen und Starken, in dem Verlangen, daß ›die Zahl voll werde‹. Aber ich kam zu mir selbst und wollte nicht länger dem Wahnsinn dienen. Ich kehrte um und schloß mich der Schar derer an, die *Deine Tat korrigiert haben*. Ich verließ die Stolzen und kehrte zurück zu den Bescheidenen, um des Glücks dieser Bescheidenen willen. Das, was ich Dir sage, wird sich erfüllen, und unser Reich wird erbaut werden. Ich wiederhole, Du wirst schon morgen diese gehorsame Herde sehen, wie sie auf meinen Wink herbeistürzt, um die glühenden Kohlen Deines Scheiterhaufens zu schüren, auf dem ich Dich dafür verbrennen werde, daß Du gekommen bist, uns zu stören. Denn wenn es einen gibt, der mehr als alle unseren Scheiterhaufen verdient hat, dann bist Du es. Morgen werde ich Dich verbrennen. Dixi.‹«

Iwan hielt inne. Er war beim Sprechen in Feuer geraten; aber als er geendet hatte, lächelte er plötzlich.

Aljoscha, der die ganze Zeit stumm, gegen Ende außerordentlich erregt zugehört hatte, war mehrfach versucht gewesen, den Redefluß seines Bruders zu unterbrechen, hatte sich aber offenkundig beherrscht, bis es plötzlich aus ihm hervorbrach:

»Aber ... das ist doch eine Absurdität!« rief er aus und errötete. »Dein Poem ist ja ein Loblied auf Jesus und keine Lästerung... wie du sie beabsichtigt hast. Und wer wird deinem Verständnis von Freiheit zustimmen? Muß man sie unbedingt, unbedingt so verstehen!? Die Vorstellung der Orthodoxie ist ganz anders ... Das ist Rom, aber nicht einmal das ganze Rom, das ist nicht wahr – das sind die Schlimmsten des Katholizismus, die Inquisitoren und die Jesuiten! ... Und eine solche phantastische Gestalt wie deinen Inquisitor gibt es überhaupt nicht. Und was sind das für Sünden der Menschen, die man stellvertretend übernehmen kann? Was sind das für Geheimnisträger, die einen zweifelhaften Fluch um des Glücks der Menschen willen auf sich geladen haben? Hat man sie je gesehen? Wir kennen die Jesuiten, sie haben einen schlechten Leumund, aber sind sie wirklich so wie bei dir? Sie sind ganz und gar nicht so, ganz und gar nicht ... Sie sind einfach die Streitmacht Roms für das künftige irdische Weltreich, mit dem Imperator, dem römischen Bischof an der Spitze ... Das ist ihr Ideal, aber ohne eine Spur von Geheimnis und erhabener Melancholie ... Es ist der schlichte Wunsch nach Macht, nach irdischen, schmutzigen Gütern, nach Versklavung ... einer Art künftiger Leibeigenschaft, bei der sie als Gutsbesitzer fungieren werden ... Und das ist alles, was sie haben. Vielleicht glauben sie nicht einmal an Gott. Dein leidender Inquisitor ist nichts als ein Hirngespinst...«

»Aber Moment mal, Moment!« lachte Iwan. »Du bist ja Feuer und Flamme! Du sagst ›ein Hirngespinst‹, warum nicht? Natürlich ist es ein Hirngespinst. Aber erlaube mal, meinst du denn wirklich, daß die ganze katholische Bewegung der letzten Jahrhunderte sich wirklich nur in dem Wunsch nach Macht um schmutziger Güter willen erschöpft? Hast du das vielleicht von Vater Paissij gelernt?«

»Nein, nein, ganz im Gegenteil, Vater Paissij hat einmal sogar etwas Ähnliches gesagt wie du ... aber natürlich anders, ganz anders«, besann sich Aljoscha plötzlich.

»Das ist dennoch gut zu wissen, ungeachtet deines ›ganz anders‹. Ich will ja gerade von dir hören, warum die Jesuiten und Inquisitoren sich einzig um materieller, niederer Güter willen zusammengeschlossen haben sollen? Warum soll unter ihnen kein einziger Märtyrer sein, der ein großes Leid trägt und die Menschheit liebt? Siehst du: Nehmen wir an, daß unter all diesen ausschließlich nach materiellen und schmutzigen Gütern Strebenden sich nur ein einziger wie mein greiser Inquisitor fände, der sich selbst in der Wüste von Wurzeln ernährt und gegen sein eigenes Fleisch gewütet hat, um Freiheit und Vollkommenheit zu erlangen, der sein ganzes Leben die Menschheit geliebt, aber plötzlich gesehen und erkannt hat, wie gering die moralische

Befriedigung über die erlangte Vollkommenheit ist, wenn man sich gleichzeitig überzeugen muß, daß Millionen anderer göttlicher Geschöpfe zu Spott und Hohn geschaffen sind, daß die Freiheit ewig über ihre Kraft gehen wird, daß jämmerliche Rebellen niemals zu Giganten heranwachsen und den Turmbau vollenden werden und daß der Große Idealist seine Harmonie nicht für solche Pygmäen erträumt hat, – und nachdem er das alles durchschaut hätte, wäre er umgekehrt und hätte sich... den Klugen angeschlossen. Wäre das wirklich undenkbar?«

»Wem schließt er sich denn an, wer sind diese Klugen?« rief Aljoscha beinahe außer sich. »Sie sind weder besonders klug, noch haben sie irgendwelche Geheimnisse und Rätsel … Sie sind höchstens gottlos, das ist ihr ganzes Geheimnis. Dein Inquisitor glaubt nicht an Gott, das ist sein ganzes Geheimnis!«

»Und wenn es so wäre! Endlich bist du dahintergekommen. Es ist wirklich so, das ist wirklich sein ganzes Geheimnis, aber ist denn das nicht ein Leid für einen Menschen wie ihn, der sein ganzes Leben um seines Glaubens willen in der Wüste vergeudet hat und doch von der Liebe zur Menschheit nicht geheilt werden konnte? Am Ende seines Lebens festigt sich in ihm die klare Überzeugung, daß nur die Ratschläge des großen furchtbaren Geistes geeignet sind, eine einigermaßen erträgliche Ordnung in das Leben der schwächlichen Rebellen zu bringen, der ›unfertigen, kurzlebigen Wesen, die zu Spott und Hohn geschaffen sind‹. Und nun, sobald er davon überzeugt ist, sieht er ein, daß man dem Weg des klugen Geistes, des furchtbaren Geistes des Todes und der Zerstörung folgen, Lüge und Schein gutheißen, die Menschen bewußt in Tod und Zerstörung führen und sie dabei auf dem ganzen Weg täuschen müsse, damit es ihnen nicht auffällt, wohin sie geführt werden, und damit diese jämmerlichen Blinden sich wenigstens unterwegs glücklich wähnen: Beachte, daß es eine Lüge in Seinem Namen ist, im Namen des Ideals, an das der Greis so leidenschaftlich sein ganzes Leben lang glaubte! Ist das etwa nicht ein Unglück? Wenn auch nur ein solcher Berufener als einziger an der Spitze dieser gesamten Streitmacht stünde, die ›nach Macht strebt, allein um der schmutzigen Güter willen‹; genügte dieser einzige nicht für eine Tragödie? Mehr noch: Ein einziger, dieser einzige, der an der Spitze steht, genügte, damit schließlich die wahre Grundidee Roms mit all seinen Armeen und Jesuiten sich endlich kristallisierte, die höchste Idee Roms. Ich sage dir klipp und klar: Ich glaube fest daran, daß solch ein einziger unter den an der Spitze der Bewegung Stehenden niemals gefehlt hat. Wer weiß, vielleicht gab es diese einzigen auch unter den römischen Bischöfen. Wer weiß, vielleicht existiert dieser verfluchte Greis, der die Menschheit so hartnäckig und eigenwillig liebt, auch heute noch in Gestalt einer ganzen Schar solcher einzigen Greise, und dies keineswegs zufällig, sondern als Gesellschaft, als Geheimbund, der schon vor langer Zeit zum Hüten des Geheimnisses gestiftet wurde, zum Hüten des Geheimnisses vor den unglücklichen und kraftlosen Menschen, mit der Absicht, sie glücklich zu machen. So etwas gibt es unbedingt, so etwas muß es geben. Manchmal kommt es mir so vor, als ob selbst die Freimaurer von etwas Ähnlichem wie diesem Geheimnis ausgehen und daß die Katholiken die Freimaurer deshalb so hassen, weil sie in den Freimaurern Konkurrenten sehen, eine Zersplitterung der Einheit der Idee, die eine einzige Herde und einen einzigen

Hirten verlangt … Übrigens, wenn ich meinen Gedanken verteidige, sehe ich bestimmt wie ein Autor aus, der deine Kritik nicht verträgt. Genug davon.«

»Vielleicht bist du selbst ein Freimaurer!« entfuhr es plötzlich Aljoscha. »Du glaubst nicht an Gott«, fügte er hinzu, aber nun mit unendlicher Trauer. Außerdem schien ihm, daß sein Bruder ihn spöttisch ansähe. »Womit endet denn dein Poem?« fragte er plötzlich mit niedergeschlagenen Augen, »oder ist es schon zu Ende?«

»Ich wollte es so beenden: Als der Inquisitor verstummte, wartete er eine Weile, daß der Gefangene ihm antworte. Ihn bedrückt sein Schweigen. Er hat gesehen, wie der Gefangene ihm die ganze Zeit hingegeben und still zuhörte, den Blick auf seine Augen gerichtet und offenbar ohne die Absicht, ihm zu widersprechen. Der Greis wünscht, daß Er auch nur ein Wort an ihn richte, und sei es noch so bitter, furchtbar. Er aber nähert sich plötzlich dem alten Mann und küßt ihn still auf seine blutleeren neunzigjährigen Lippen. Das ist Seine ganze Antwort. Der Greis erschauert. In seinen Mundwinkeln zuckt es; er geht zur Tür, schließt sie auf und sagt zu ihm: ›Geh und komme nicht wieder ... Komme nie mehr wieder ... Niemals! Niemals!‹ Und er läßt Ihn hinaus auf die ›dunklen Plätze der Stadt‹. Der Gefangene geht.«

»Und der Greis?«

»Der Kuß brennt in seinem Herzen, aber der Greis bleibt bei seiner Idee.«

»Und du mit ihm, du auch?« rief Aljoscha betroffen. Iwan lachte.

»Aber das ist doch Unsinn, Aljoscha, das ist doch nur das törichte Poem eines törichten Studenten, der keine zwei Zeilen reimen konnte. Warum nimmst du es so ernst? Du glaubst doch nicht, daß ich mich geradewegs dorthin begebe, zu den Jesuiten, um mich der Menschenschar anzuschließen, die Seine Tat korrigiert! Ach Gott, was geht mich das an! Ich habe dir doch gesagt: Ich möchte nur dreißig Jahre aushalten und dann – den Becher gegen die Wand ...!«

»Und die klebrigen kleinen Blätter, und die teuren Gräber und der blaue Himmel, und die geliebte Frau! Wie willst du so weiterleben, wie kannst du sie weiterlieben?« rief Aljoscha betroffen. »Mit einer solchen Hölle in der Brust und im Kopf – ist das denn möglich? Nein, das ist es ja, du fährst, um dich ihnen anzuschließen... Und wenn nicht, dann bringst du dich um, du hältst es nicht aus!«

»Es gibt eine Kraft, die alles aushält« sagte Iwan mit einem nun schon kühlen Lächeln.

»Was ist das für eine Kraft?«

»Die Karamasowsche ... Die Kraft der Karamasowschen Gemeinheit.«

»Das heißt, in Verderbnis untergehen, die Seele im Laster ersticken, ja, ja?«

»Auch das kann sein ... aber vielleicht kann ich's bis Dreißig vermeiden, und dann...«

»Wie willst du es vermeiden? Mit welcher Hilfe? Mit deinen Gedanken ist das ausgeschlossen.«

»Auch auf die Karamasowsche Art.«

»Das heißt, mit ›Alles ist erlaubt‹? Alles ist erlaubt, nicht wahr? Nicht wahr?«

Iwan verfinsterte sich und wurde plötzlich eigentümlich blaß.

»Ach so, du hast das gestrige Bonmot behalten, das Miussow so gereizt hat... und mit dem Bruder Dmitrij so naiv herausplatzte?« Iwan lächelte gezwungen. »Ja, von mir aus: ›Alles ist erlaubt‹, wenn das Wort nun schon einmal gefallen ist. Ich verleugne es nicht. Und Mitjas Auslegung ist auch nicht schlecht.«

Aljoscha sah ihn schweigend an.

»Bis jetzt, da ich auf Reisen gehe, glaubte ich, daß ich auf der ganzen Welt wenigstens dich hätte«, sagte Iwan plötzlich mit überraschender Herzlichkeit, »und nun sehe ich, daß auch in deinem Herzen für mich kein Platz ist, mein lieber Anachoret. Die Formel ›Alles ist erlaubt‹ werde ich nie verleugnen, also wirst du mich verleugnen, ja, ja?«

Aljoscha stand auf, trat schweigend auf ihn zu und küßte ihn still auf die Lippen.

»Ein Plagiat!« rief Iwan in plötzlicher Begeisterung. »Das hast du aus meinem Poem geklaut! Ich danke dir trotzdem. Auf, Aljoscha, wir wollen gehen, es wird Zeit für dich und für mich!«

Nachbemerkung der Übersetzerin

Als Dostojewskij im Dezember 1879 auf einer Matinée zugunsten der notleidenden Studenten der Petersburger Universität das Kapitel »Der Großinquisitor« vorlas, sagte er einleitend:

»Ein unter seinem Unglauben leidender Atheist dichtet in einem der qualvollen Augenblicke ein absurdes, phantastisches Poem, in dem er Christus in einem Gespräch mit einem hohen katholischen Geistlichen, dem Großinquisitor, zeigt. Das Leiden des Verfassers dieses Poems entsteht namentlich dadurch, daß er in dem Bild eines hohen Geistlichen mit der katholischen Weltsicht, die sich so weit von dem ursprünglichen apostolischen Glauben entfernt hat, den wahrhaften Diener Christi sieht. Indeß ist sein Großinquisitor in Wahrheit selbst ein Atheist. Es handelt sich darum, daß dann, wenn man den Glauben Christi entstellt, indem man ihn mit den Zielen dieser Welt verbindet, der ganze Sinn des Christentums mit einem Schlag verlorengeht, daß der Geist unweigerlich im Unglauben versinkt und statt des hohen christlichen Ideals nur ein neuer babylonischer Turm entsteht. Die hohe Auffassung von der Menscheit, die dem Christentum eigen ist, wird entwertet bis zur Auffassung von einer Art Tierherde, und unter dem Schein einer *so-*

zialen Liebe zur Menschheit tritt nun offene Verachtung zutage. In Form eines Gesprächs zwischen zwei Brüdern erzählt der eine, Atheist, dem anderen ein Poem.«

Iwans »Poem«, durch das vorhergehende Gespräch eingeleitet, kann als eine Provokation, eine Versuchung durch Mitleid oder als ein Selbstexperiment verstanden werden. In der Welt des Romans ist es kein geschriebener Text. Niemand kann es lesen. Niemand kennt es, außer dem Erzähler und Zuhörer. Die zehn Minuten allerdings, für die der Erzähler die Aufmerksamkeit Aljoschas erbittet, werden um ein Vielfaches überschritten, weil Aljoscha durch seine Fragen und Einwürfe zum Co-Autor wird und das Tempo und den Verlauf der Erzählung mitbestimmt. Das Poem wird zum Dialog. Christus schweigt – Aljoscha spricht während des Monologs – oder ist es eine Beichte? – des Großinquisitors, entzaubert die historische Dekoration und enträtselt das Poem in seiner Aktualität für den modernen Menschen.

Das Konzept der Einleitung Dostojewskijs trägt keine Unterschrift. Seine Frau Anna Grigorjewna setzte handschriftlich darüber: »Einleitung, gesprochen … vor der Lesung eines Abschnittes aus dem Roman ›Die Brüder Karamasow‹ mit dem Titel ›Der Großinquisitor‹.«

Die beste Kennerin und Mitarbeiterin Dostojewskijs findet das treffende Wort: Das Kapitel ist ein »Abschnitt«

aus dem Roman und wie kein anderes nur aus dem Ganzen zu verstehen. Ein Thema, das durch ein Gegenthema aufgehoben wird und seit über hundert Jahren eine ungeheure Wirkung ausübt, keineswegs aber als die endgültige Meinung Dostojewskijs aufgefaßt werden darf. Aljoscha, Iwans einziger Zuhörer, spricht nicht nur, sondern er schreibt auch. Er stellt das Grundthema dar in Form einer Vita seines geistigen Lehrers, des Starez Sossima, die zu den wenigen Dokumenten russischer Mystik gezählt wird. Iwans unter wiederholtem Lächeln vorgebrachte Improvisation und die kindliche Anspruchslosigkeit von Aljoschas Niederschrift können nicht als These und Antithese, als sich ausschließende Ge-

gensätze betrachtet werden. Es sind Komplementärfarben, die sich zu dem Bild, man ist versucht zu sagen, der Ikone, des gläubigen Christen in dem letzten Roman Dostojewskijs zusammenfügen.

Iwan hat sich, wir erfahren es erst im letzten Teil des Romans, schon als Siebzehnjähriger poetisch, jedoch nicht schriftlich, versucht: Mit einer »Legende vom Paradies«, mit einer Phantasie »Die geologische Revolution« über den Untergang der Welt, und nun, etwa fünf Jahre später, mit dem Poem vom Großinquisitor. Heute hat man sich zur Gewohnheit gemacht, das Kapitel »Der Großinquisitor« eine Legende zu nennen. Den Anfang machte der bedeutende russische Schriftsteller und originelle Dostojewskij-Leser W. Rosanow. 1891 erschien in der Zeitschrift »Russkij westnik« seine Untersuchung »Die Legende vom Großinquisitor«, die 1894 und 1934 als Buch veröffentlicht wurde. Bei allem Respekt für Rosanow sollte man sich daran erinnern, daß eine Legende (wie es Iwan vor der eigentlichen Erzählung selbst erwähnt) im Mittelalter eine Erzählung von Leben und Leiden eines Heiligen war, die an seinem Tag in der Kirche verlesen wurde. Die berühmteste Legendensammlung im Westen ist die »Legenda Aurea« des Jakobus de Voragine. Die schönste Ausgabe russischer Heiligenlegenden wurde 1953 von Ernst Benz übersetzt und herausgegeben.

Iwans Poem ist keine Erinnerung an

eine Vergangenheit, sondern ein faszinierender Ausdruck der immer gegenwärtigen Frage nach dem wahren Glauben.

Swetlana Geier

Anmerkungen

Die Ziffern beziehen sich auf die Seitenzahlen

5 *Ein Poem:* Gogol nennt sein berühmtestes Werk *Die toten Seelen* in Anspielung auf Dantes *Göttliche Komödie* ein »Poem«. Im VIII. Buch (»Mitja«) tauchen einige Personen Gogols auf und mischen sich unter die Gestalten Dostojewskijs.

8 *Der Gang Mariens:* »Der Strom ist ganz aus Pech, und die Wogen sind Feuer (...), und die Heilige sprach: ›Es geschehe ihnen nach ihren Taten‹. Und wieder begann der Strom zu tosen und die Feuerwogen zu wüten, (...) und die Finsternis verschlang sie (...) Und Michael sprach zur Gottesmutter: ›Wer in diese Finsternis eingeschlossen ist, dessen gedenkt Gott nicht mehr.‹« in: *Altrussische Heiligenleben.* Hrsg. von Konrad Onasch, Berlin: Unions-Verlag 1977.

11 *Was dein Herz dir sagt:* Eine Rück-Übersetzung von Schukowskijs Nachdichtung des Gedichts »Sehnsucht« von Schiller, 1801: »Du mußt glauben, du mußt wagen, denn die Götter leihen kein Pfand; nur ein Wunder kann dich tragen in das schöne Wunderland.«

13 *Unter des Kreuzes Last:* Letzte Strophe des Gedichts von Tjutschew (»Diese armen Dörfer« 1855). Dostojewskij zitiert dieses Gedicht in seiner programmatischen Puschkin-Rede.

14 *In prunkvollen Autodafés:* Ungenaues Zitat aus dem Poem »Coriolan« (1834) von A. Poleschajew.

21 *Der Duft von Lorbeer und Zitronen:* Abgewandeltes Zitat aus Puschkins Kleiner Tragödie *Der steinerne Gast*, 2. Szene: »Die Nacht duftet nach Lorbeer und Zitronen.«

83 *Und die klebrigen kleinen Blätter:* Die klebrigen, sich soeben entfaltenden Birkenblätter aus Puschkins Frühlingsgedicht (»Noch wehen die kalten Winde...«) sind für Dostojewskij im Leben und in der Kunst das wichtigste Symbol für die erneuernde Kraft des Lebens.